LE CALVAIRE

SOURCE DES VÉRITABLES CONSOLATIONS

OU

MÉDITATIONS D'UN CHRÉTIEN

AUX PRISES AVEC L'ADVERSITÉ

STANCES

Par J. C. De V.

LYON

IMPRIMERIE D'ANTOINE PERISSE

RUE MERCIÈRE, 49

1858

Dans les circonstances graves et difficiles à traverser où nous sommes, l'Auteur de ce mince opuscule, en le livrant au Public, l'a fait surtout en vue de remplir un devoir de commisération, en engageant, en excitant même les personnes atteintes par l'adversité, à recourir aux considérations religieuses que leur foi et leur piété offriront de préférence à leurs méditations. Il est persuadé qu'elles y trouveront d'amples compensations aux peines inhérentes à leur situation.

De ce mode de procéder peuvent résulter de grands avantages, et aussi quelques mérites, en ce qu'il tend à nous entretenir dans l'exercice de la patience et la résignation, qui sont indispensables pour rendre les peines, les tribulations et les sacrifices méritoires.

Ces excitations au malheur vers les jouissances et les biens solides et impérissables que promet la Religion, et dont elle se montre si prodigue dans les cas extrêmes, tendent encore à détourner de la pratique de ces funestes et désolantes maximes préconisées par le philosophe de Ferney, et formulées en ces vers, à jamais regrettables !

> Quand on est malheureux et qu'on n'a plus d'espoir,
> La vie est un opprobre et la mort un devoir.

En réfléchissant sur de semblables conseils, de la part d'un homme bien à l'aise dans son château, on en vient à se demander , s'ils ont pu partir de son cœur, ou plutôt s'il en avait un pour les malheureux, car enfin, il ne peut ne pas s'être aperçu qu'il tordait d'une main le fer dans la plaie vive, et que de l'autre il y versait le poison du désespoir, broyé par la lâcheté, et de celui qui conseille et de celui qui exécute. L'un et l'autre en se mettant au-dessous des vicissitudes humaines, abjurent cette noblesse et cette dignité de l'homme chrétien que des espérances d'un ordre plus relevé, doivent placer au-dessus des misères humaines quelques poignantes qu'elles puissent être.

Heureux si, en cela, l'Auteur a pu être de quelque utilité, et procurer à ses frères dans le malheur, qui sont nombreux, car les disgrâces abondent, quelques sujets de de consolation.

Mais plus heureux encore ! s'il était à chacun l'occasion d'un soupir vers le ciel, d'un hommage, d'un élan d'amour vers Celui et Celle qu'il a voulu glorifier, et dont il se reconnaît si incapable de chanter l'amour, les douleurs et les grandeurs, mais dont les bontés , c'est son espoir, lui tiendront compte de son désir et de ses efforts.

LE CALVAIRE.

Quel océan, grand Dieu ! de précieux trésors,
On contemple en toi-même, on découvre au-dehors.
Qui peut apprécier cette longue série
De richesses, d'amour, que le monde publie ?
Et ces immenses biens que j'aperçois épars,
Quand du monde où je suis j'élève mes regards.
A toi seul appartient la louange première !
L'homme ne cèle en soi, que faiblesse et misère.

Dieu seul est adorable, et règne en ses splendeurs !
Les cieux aux cieux sans fin, redisent ses grandeurs !
Cependant, c'est à l'homme à qui Dieu sacrifie.
L'homme est tombé ! Dieu naît ! meurt ! et le justifie !
S'il tombe encore et crie : Amour ! grâce ! je crois !
Le salut aussitôt lui descend de la Croix.
Cherchons-le donc, mon âme ! aux sources de la vie,
Dans l'amour, les douleurs de Jésus et Marie.

O Croix ! de mon salut signe sûr et certain,
J'aime à te contempler sur ce sommet lointain,
Où, du haut de la nue à couleur diaprée,
Nous a souri d'amour ta nuance empourprée ;
Ainsi qu'au doux printemps sourit au jour nouveau,
Celle qui de la terre annonce le flambeau.
Toi, ta gloire est loin d'être ou douteuse ni factice ;
Tu brilles des rayons du soleil de justice.

Char de lumière avance et dissipe la nuit
Dont l'ombre éternisée à tant d'êtres a nui.
Salut, signe aperçu de l'œil du Patriarche !
Salut, signe sacré, bois de la nouvelle arche ;
Où doit flotter le juste ardemment désiré ;
Qu'a chanté sur son luth le royal inspiré.
Arbre saint, il est mûr, de ta branche féconde
Laisse tomber le fruit qui doit sauver le monde.

D'où nous vient tout ce bruit qu'apportent les échos ?
Une seconde fois sort-il donc du cahos ?
Ce monde, appesanti sous la voix l'augure,
Se réveille à l'aspect d'une grande figure !
Et secouant son front qui ne déridait plus,
Il accourt souriant au berceau de Jésus,
L'adore et va le suivre à sa lumière intime,
Jusqu'à l'autel où doit succomber la victime.

Mais aux regards soudain l'Enfant a disparu,
C'est que pour l'égorger Hérode est accouru ,
Qui supputant les temps prédits par les Prophètes
Pour atteindre la sienne a frappé mille têtes
Dont les cris, et le sang qui teignit le cédron ,
Ont ému jusqu'au cœur de Gomore et Sidon.
Pour cet Auteur des biens et des grandeurs futures ,
Il était réservé de bien autres tortures.

De retour de l'Egypte au plus il a douze ans,
Qu'il étonne le Sage entre tous les enfants.
Mais de sa gloire à peine ont brillé les prémices
Qu'il rentre avec sa Mère, et trouve ses délices
Dans son obéissance et dans sa soumission ,
Jusqu'au jour d'accomplir sa divine mission.
Où sortant sans retour de son humble chaumière
Il s'en va par le monde épandre sa lumière

Les jours qu'il apparaît aux fils de ses aïeux,
De sa magnificence, il éblouit leurs yeux.
Ils l'entourent pressés partout sur son passage ,
Pour entendre la voix du Prophète et du Sage
Qui guérit, ressuscite, impose aux éléments ;
Qui révèle et prédit les grands évènements !
Et leurs regards épris ainsi que leurs oreilles ,
Peuvent à peine en croire à toutes ses merveilles !

Mais l'envie a bientôt de son ire et son feu,
Armé le bras des Grands contre l'Agneau de Die
Il triomphe ! et du peuple éclate l'allègresse !
Mais on conspire en l'ombre et le piège se dresse.
Et le soir, quant aux siens , il se donne à manger ,
Ce soir-là même il voit la scène se changer.
Il prie, et son amour en de sanglants combats ,
L'emporte ! il se relève et se livre aux soldats.

Marie a vu de près les bourreaux de son Fils ;
De leur trame odieuse elle a compté les fils,
Tous ces fils, ondulants sous leur soufle homicide ;
Les coups tombés sur lui de leur main déicide ;
Ses chutes sous le poids dont il était chargé ;
Elle a vu cet Agneau sur la Croix égorgé.
Quel spectacle accablant ! quelle douleur amère !
Pour le sensible Cœur de la plus tendre Mère.

Qui jamais a compris l'excès de ta douleur ?
Elle est grande , ô Marie , autant que l'est ton Cœur
C'est l'abîme en tout sens , immense et sans rivages
Dont les flots, soulevés par de là tous les âges,
S'en vont en l'exhalant partout dans l'univers !
Qui de sa voix nous crie en langage divers :
« Suivant que dans ces flots l'âme s'est abreuvée
» Cette âme elle est perdue ! ou bien elle est sauvée ! »

Tel , aux limpides eaux , court un cerf altéré :
Ainsi, le juste ô Dieu ! par ton charme attiré ,
Distinguant sur ses pas, d'entre les fleurs l'épine ,
· Accours pour s'abreuver vers la sainte piscine !
Où de ses pleurs la Vierge est venue enfler l'eau ,
Où grandit aux abords ton immortel roseau !
C'est là , Seigneur, qu'il sent par ta grâce inouïe ,
Dans toute sa fraicheur , son âme épanouie !

C'est moins un lieu de deuil que je viens explorer ,
Qu'en son temple Jésus, que je veux adorer ,
Temple , dont l'univers forme le sanctuaire ,
Dont le sublime autel est le mont du Calvaire ;
Où , l'adorable encens qui s'élève en ce lieu ,
Est celui-là , qui fume au sang versé d'un Dieu !
Où, bientôt dans la foi , l'amour et l'espérance ,
Tous les peuples viendront chanter leur délivrance !

J'avance, ô cieux ! que vois-je ? où suisje agenouillé ?
Quel est, d'entre ces trois, le Juste dépouillé ?
Là , d'un auguste front l'auréole divine
M'avertit que c'est Lui que le ciel illumine.
Rapproché, pour cueillir ses soupirs embrasés ,
Le repentir en pleurs tient ses pieds embrassés ;
Et si , de ses amis, fuit la troupe éphémère ,
Je reconnais le Fils aux douleurs de la Mère !

Immobile et glacée, accablée et sans voix,
Elle voit son cher Fils attaché sur la Croix,
Le Sang qui coule à flots de toutes ses blessures ;
D'un peuple déicide, elle entend les injures,
Et l'ironie amère ou la dérision
Qu'il lui jette, mélée au fiel de sa passion ;
Elle voit son Jésus opposant sa prière,
Traiter tous ses bourreaux, comme un frère son frère.

De ce drame sanglant, qui n'aime le héros ?
Dépouillé de ses chairs, dont on compte les os ;
Dont tout l'être brisé, des pieds jusqu'à la tête,
Semble au champ que saccage une affreuse tempête !
O victime d'amour ! holocauste parfait !
Du monde, en ta présence, étonné ! stupéfait !
Tu paies la rançon : ravagé par la foudre,
Celui qui règne au ciel ! semble réduit en poudre.

Quels mortels, à ses maux seraient indifférents ?
Versez, mes yeux, versez des larmes par torrents.
L'amertume à pleins bords s'épanche du calice ;
Et le ciel et l'enfer, descendus dans la lice,
Sur le Juste chargé des dettes du péché,
De leurs puissantes mains le retiennent penché.
Pour l'immoler, c'est moi qui leur fournit les armes !
Sur ses douleurs, mes yeux, versez des flots de larmes!

Père saint, quand je vois, expiant mes péchés,
Sur ce gibet ton Fils les membres attachés,
Comment de tes rigueurs ôserais-je me plaindre ?
Non, non, je les réclame, ô Dieu, loin de les craindre.
Heureux ! si de ce monde en repoussant le miel,
Ma lèvre sans trembler peut aborder le fiel.
Lorsque de ses bourreaux, ton Fils souffre la rage,
Si comme lui j'endure et la honte et l'outrage !

Oui, mille fois heureux ! de ce divin portrait,
Père, en moi si ta main retraçait quelque trait ;
Si, comme ce cher Fils qui m'appelle à sa suite,
Sans plainte je portais le fait d'une poursuite
Qui me ravit le fruit, le repos des vieux ans ;
Jette, comme un linceul, sur moi, sur mes enfants,
Sur celle dont ta main, au jour de l'hyménée,
Dota si largement ma triste destinée !

Que dis-je? ô Dieu, pardon ! est-ce un triste destin,
Que d'avoir jusqu'au soir, aussitôt le matin,
Sur maints revers cuisants, à verser quelques larmes ?
C'est en quoi du Calvaire, on savoure les charmes.
C'est la semence un jour qui doit haut se lever ;
Celle que de ton Sang tu t'es plu d'arroser ;
Celle enfin dont le fruit d'une douceur nouvelle,
Se mûrit ici-bas pour la vie éternelle.

Prends donc tout, ô mon Dieu, si c'est pour mon bonheur,
Et richesse et plaisirs, mais, laisse-moi l'honneur !
Ce bien, par dessus tout, d'un pur éclat qui brille,
Qu'un Père doit toujours léguer à sa famille.
Pardonne à ma réserve. Au fort de ma souffrance
Je t'abandonne tout, sinon cette espérance,
En ménageant les dons que je tiens de ta main,
Que juste, je mourrai si je mourais demain.

Mais, saurait-il toujours à tes yeux avoir tort,
S'il n'a pu déjouer les caprices du sort,
Tel qui s'en est allé, le cœur, la bourse nette,
Sans pouvoir acquitter, jusqu'à sa moindre dette?
Non, la mèche qui fume en face du trépas,
De ton pied, non, Seigneur, tu ne l'écrase pas !
Tout peut être perdu, surpris par l'artifice,
Sauf l'honneur qui debout survit au sacrifice.

Vierge innocente et pure, enfant chéri des cieux
Dont la douleur égale aux charmes précieux,
Sur toi la coupe aussi penche, et l'orage gronde !
Comme un sol desséché, tu t'empreints de son onde.
Ciel, suspends tes rigueurs! de son sein maternel
Elle a conçu ton Roi, le Fils de l'Eternel!
D'armer un tel courroux, seuls nous étions capables,
Protège l'innocence, et frappe les coupables !

Je me trompe, insensé ! c'est d'un plus digne rang,
Qu'il faut qu'une victime, ici verse son sang.
Pour laver cet affront, fait par le premier homme,
Il faut à l'Eternel une plus forte somme.
Voici venu le jour, où des Fils de Sion ,
Le plus beau s'est offert pour l'expiation ,
Je le vois palpitant d'amour pour ma pauvre âme ,
Mourir pour la sauver , sur un gibet infâme !

Chantez, ô cieux , sa gloire ! et toi, terre , à ton tour,
Chantes l'amour du Christ, et la nuit et le jour !
De son char triomphal en ses bras il enserre,
Pour les unir ensemble, et le ciel et la terre !
Son Cœur, lien d'amour , trésor de charité,
De ses chastes ardeurs dote l'humanité !
C'est l'amour qui triomphe et brise les entraves,
L'épouse a des enfants , elle n'a plus d'esclaves !

Applaudissons, mortels, à ce vainqueur si doux !
Sous les lois de l'amour, il vient nous ranger tous.
Noble triomphateur , s'il a vaincu le monde ,
Ni le fer, ni la flamme et la foudre qui gronde ,
Jamais, n'ont fait pâlir l'éclat de ses lauriers !
Ses bienfaits répandus, sont ses vaillants guerriers
Et les germes de vie, autour de lui qu'il sème,
Attestent son amour qui le livra lui-même !

Dépouillez vos terreurs de la captivité !
Que vos cris d'allégresse emplissent la cité !
Et de vos chants d'amours, par un nouveau cantique,
Frappez tous les échos de la montagne antique !
Aux saules étrangers, par de nouveaux serments,
Vous ne suspendrez plus vos joyeux instruments !
O filles d'Israël ! pour vous plus d'esclavage !
La paix est dans vos murs, recevez-en le gage.

Que vois-je sur ces monts ? C'est la nuit qui se fait.
Ce peuple, en demandant pour prix de son forfait,
Que le Sang répandu retombât sur sa tête,
A changé ses beaux jours en des jours de tempête !
O Vierges, reprenez vos vêtements de deuil,
Et de votre demeure abandonnez le seuil !
Bientôt vous n'aurez plus d'époux ni de compagne,
La vengeance descend du haut de la montagne.

Alors que dans ta gloire, ô Jésus, tu t'assieds :
La nature s'émeut et tremble sur ses pieds.
Ton dernier cri d'amour, signe de ta victoire,
Comme la foudre atteint un peuple et son histoire !
L'accuse et le confond, et venge ses mépris :
Jérusalem l'entend, et s'écroule en débris.
O peuples qui passez, marchez dans la justice !
L'Agneau, c'est le lion, après le sacrifice.

Vous, siècles écoulés, revenez 'sur vos pas,
Du Dieu qui vous a fait, adorer le trépas !
Peuples ! assemblez vous. Déployant sa puissance,
Dieu vous veut pour témoins de sa juste vengeance.
Celui-là qu'il nommait son peuple avec orgueil,
Son bras qui l'a saisi, va l'enfouir au cerceuil.
Mais il n'est déjà plus qu'une ombre passagère
Qui fuit sous son regard vers la rive étrangère.

Vain jouet, agité sous la main de son Dieu,
Sans patrie et sans lois, errant, sans feu ni lieu,
Ses restes de partout dispersés dans le monde,
Nous semblent accuser une origine immonde,
Que repousse attristé, le regard des mortels !
Qu'as-tu fait de ton Dieu, ton temple, tes autels ?
Peuple ingrat ! rien n'est plus ! toi même a fait l'abîme
Où l'œil ne voit au fond, qu'un coupable et son crime!

L'astre qui nous a luit dans son cours radieux,
De l'univers reçoit les chants mélodieux !
Seul, le Juif entre tous, insensible à sa place,
Sous ses rayons d'amour, demeure tout de glace !
De la grâce en son âme, ont taris les canaux;
De la chaîne rompue, ont pâlis les anneaux !
Et de leur place, alors, où rien ne les tolère,
Dieu les a tous jetés au vent de sa colère !

Tant de tristes pensers et de maux réunis,
Tant d'amour ménagé, tant de crimes punis,
Sont au pied de la Croix pour la vierge Marie,
Comme un vaste océan, dont la vague en furie
Vient battre sur son sein en violents efforts,
Et semble de ses jours briser tous les ressorts !
Dans ce gouffre sans fond où l'amour l'a lancée
Tous les maux à la fois assiègent sa pensée !

Que ne puis-je, ô Marie ! apaiser la douleur
Des sept traits acérés qui transpercent ton Cœur !
Mais, hélas ! à souffrir, le mien toujours balance !
O Vierge, enhardis-le contre leur violence !
O Reine des matyrs ! ah ! dis-moi ces secrets,
Qui t'ont fait, du Seigneur respectant les décrets,
Le conserver toujours dans le fond de ton âme,
Cet amour de la Croix, où s'active ta flamme!

C'est cet amour, mon Dieu, dont s'embrasât ton Cœur,
Qui racheta le monde et t'en fit le vainqueur ;
C'est lui tout flamboyant, à travers tes chairs nues,
Qui, pour nous arriver, s'est frayé mille issues !
C'est lui, de ses ardeurs, en ton jour le plus beau,
Qui revêtit Marie ainsi que d'un manteau !
Puisse notre âme un jour, dans ses plis abritée,
Monter avec la Vierge où la flamme est montée !

Oui, nous irons au ciel, d'où nous étions exclus !
Marie, elle est ma Mère ! et mon frère est Jésus !
Près d'eux, un jour mon âme, en franchissant l'espace,
Sur l'aile de l'amour, nous irons prendre place.
Doux espoir ! ce bonheur seul dépend de mon choix,
Entre l'amour du monde et l'amour de la Croix.
Je t'embrasse, ô Croix sainte, et mon âme ravie
En cette étreinte sent se ranimer sa vie !

Puisse, ô Jésus ! le jour de ton avènement,
Quand, sous ton œil de feu, le monde en un moment
Fondra pour ne laisser que le vide à sa place ;
Comme aux rayons du jour, fond un morceau de glace !
Puisse, ô Jésus ! Marie ! alors, et sans retour,
Mon cœur, de ce creuset où s'épure l'amour,
Exaler seul celui dont vous-mêmes l'aimâtes,
Empreint des traits ardents de vos sacrés stigmates !

Ces signes glorieux sur son corps répandus,
Tous ces trésors d'amour si longtemps méconnus,
Comme des flots ardents dévorant la barrière,
Jailliront au grand jour dans l'immense carrière !
Sur les pas du héros qui les a tous portés,
Ils empliront le champ de gloire et de clartés !
C'est alors aux pécheurs, en confondant leurs lignes
Qu'il viendra réclamer le prix de ses fatigues.

Ce jour , terrible jour ! paraissant dans les airs ,
Ces signes glorieux imprimés dans ses chairs
Le lion de Judas assemblera les trônes ,
Et les rois devant lui, dépouillant leurs couronnes,
Recevront prosternés le prix de leur effort :
Quand de l'esclave, hélas ! en maudissant leur sort,
Les hordes, sous ses yeux qui lanceront la foudre,
S'enfuiront comme au vent s'enfuit la vile poudre.

Alors l'impie , au front tout boursoufflé d'orgueil ,
S'aperçoit, mais trop tard , qu'il a frappé l'écueil.
De la vague en courroux qui l'emporte à sa cime,
Il faut subir l'effort qui le plonge en l'abîme.
Quel affreux désespoir ! parmi les passagers ,
Aux biens de la patrie ils seront étrangers ,
Pour tournoyer sans fin , leur sort est sans réclame ,
Dans les flots bouillonnants d'un océan de flamme.

Quel est ce triste esquif qui frappe aussi le roc ?
De qui ces cris perçants qui succèdent au choc ?
C'est ce riche insolent qui tombe au fond du gouffre,
Dont la langue insultait au malheureux qui souffre!
Cet injuste, implacable, avide créancier ,
Qui pour ses débiteurs eut un cœur tout d'acier ;
Ce traître libertin, fléau d'une famille,
Qui sut tromper la mère et séduisit la fille !

L'illusion alors, cède à la vérité.

Chacun maudit son juge en sa sévérité ;

Mais il faut supporter l'éclat de sa présence ,

Et s'en aller subir l'effet de sa sentence.

Quel immense désordre au champ de Josapha !

Quel trouble à gauche éclate au cri de Jehovah !

L'hypocrisie est là sous ses yeux dévoilée ,

Tout est mis au grand jour dans l'antique vallée.

Grâce, Seigneur mon Dieu, pour ces infortunés !

Mieux, n'eut-il pas valu qu'ils ne fussent point nés ?

Arrête, s'il se peut, le cours de ta vengeance,

Et de ton Cœur ouvert par l'effort de la lance

Sur eux laisse couler cet eau qui purifie,

Et ce Sang précieux qui sauve et justifie!

Ainsi que tu traitas l'un de ces deux voleurs

De même dès ce jour traite tous les pécheurs !

De cette Croix où coule un si précieux Sang

Tes regards ont plongés dans ce lugubre étang,

Je t'entends, ô Marie, à toi même te dire:

Tant d'amour ne sert-donc qu'à les faire maudire !

Les ingrats! de la vie ont rejeté le pain ;

Pour eux, mon Fils se meure et son Sang coule en vain.

Sèche, ô Vierge, tes pleurs, détournes ton visage,

Vois les élus au port sur cet autre rivage.

Non, non , pour les méchants et les justes, Seigneur,
Tu ne saurais user d'une égale rigueur ,
Ni répandre au hasard les dons de ta largesse.
Cet ordre là n'est point digne de ta sagesse.
Libre, l'homme a choisi le crime ou les exploits;
Libre aussi tu devais de ta main faire un choix;
Amasser le bon grain et rejeter l'ivraie,
Et nous prouver ainsi que ta parole est vraie.

Ici dans un ciel bleu s'élève par essaims
Jusqu'aux pieds de l'Agneau le nombre de tes saint
A l'ombre de la Croix qui flotte sur leurs têtes
Tu les conduits, Seigneur, vers d'éternelles fêtes.
Ils montent à travers l'éclat de tes grandeurs ,
Pour s'asseoir immortels! au sein de tes splendeurs ;
Où , partageant ton sort, ces célestes milices
S'enivreront sans fin des plus pures délices.

Ma Muse en ton ardeur tu devances les temps ,
Le monde en est peut-être encore à son printemps.
Quand il semble à tes yeux qu'il est vieux et se meure ;
Qu'on entendra bientôt sonner sa dernière heure.
Arrête dans leur cours tes précoces accents
Et reviens à Marie offrir un pur encens,
Au pied de cette Croix toujours plus désolée
Où ses yeux ne voient plus la victime immolée !

A ce moment suprême, et si triste et si beau ,
Où l'Auteur de la vie est mis dans un tombeau,
Marie en son esprit, sans qu'aucun ne s'efface,
Garde les traits sanglants de son auguste face.
Il lui semble toujours, vers le fatal poteau
Voir son Sang, sous la lance et les coups du marteau,
Goutte à goutte tomber, en précieuses larmes ;
Tout se traduit pour elle en mortelles alarmes.

De la voix et du geste accourons animer
Celle dans sa douleur que l'on voit s'abîmer.
Notre amour pour Marie est-il à bout de voie ?
Quoi tu n'oses, ma muse, aller ou je t'envoie ?
Je te comprends.... pour Elle il n'est plus de chagrin ,
C'est aux Anges en chœur à chanter au lutrin
Et la joie et l'amour de son âme ravie ;
Marie a vu Jésus, plein de gloire et de vie.

Entre le Fils, la Mère, et leur vie et leurs jours ,
Le mystère ici-bas devait durer toujours.
Le Sauveur vers les cieux presse son arrivée ,
Et Marie ici-bas de son Fils est privée.
Sur la terre Elle souffre ! Il jouit dans les cieux !
Mais, c'est l'heure d'attente à l'accueil gracieux,
Qu'à l'épouse l'époux qui tresse la couronne ,
Réserve pour le jour où l'hymen la couronne.

Il luit, sors du désert , Mère du Roi des rois !
Humble Vierge, ton Fils a consacré tes droits.
Vois, la céleste Cour attend sa Souveraine;
Et te proclame heureuse, entre la race humaine !
Monte, ô Reine, toujours ! ton trône est aux confins.
Vas t'asseoir près de Dieu , parmi les Séraphins !
De sa gloire sur toi projetant la lumière,
Pour nous la réfléchir tu seras la première.

Règnes donc au-dessus de tout pouvoir humain,
Et des dons du Seigneur, répandus de ta main,
Daigne enrichir toujours le sol de ma patrie,
Cette France si chère à ton Cœur, ô Marie !
Mais sauves , suspendue en le gouffre sans fond ,
La famille à genoux qui gémit sur le pont!
Elle aussi, Vierge sainte, et t'honore et te fête,
Sauves-là des horreurs d'une affreuse tempête!

Bien que les cieux obscurs, sillonnés par l'éclair,
De leurs foudres vengeurs aient fait retentir l'air;
Que la nuit se répande en épaisses ténèbres,
Et jette sur nos fronts tous ses voiles funèbres:
Tu brilleras sur elle, Etoile de la mer !

Non, nous ne boirons pas à ce calice amer
Que l'orage présente à nos lèvres émues ;
Tes bienfaisants rayons dissiperont les nuès !